Kunsten at forføre en bibliotekar

Hæfte 2

Reddet af en orgelkoncert

Beta-udgave

Kunsten at forføre en bibliotekar

Hæfte 2

Reddet af en orgelkoncert

Beta-udgave i begrænset oplag

WORK IN PROGRESS

Af

Henrik Neergaard

Kunsten at forføre en bibliotekar

Beta-udgave, Hæfte 2

Reddet af en orgelkoncert

Forlag: BoD · Books on Demand, Strandvejen 100, 2900 Hellerup, bod@bod.dk

Tryk: Libri Plureos GmbH, Friedensallee 273, 22763 Hamborg, Tyskland

ISBN: 978-87-4305-949-3

Kapitel 1
Et vigtigt møde

I slutningen af måneden skulle hun så til møde med sagføreren, der var bobestyrer. Her ville hun få mere at vide om onkel Georgs testamente. Bente var spændt på samtalen med sagfører Munk. Der var ikke så langt hen til hans kontor. Ikke længere, end at hun kunne cykle derhen. Eller gå, for den sags skyld. Når vejret var godt, var det dejligt med en rask travetur, også herinde i byen.

Det var tilsyneladende et lille, lokalt sagførerfirma. Munk og Nielsen, Advokater (L), stod der på det fornemme, blankpolerede messingskilt, der var skruet fast på væggen ved siden af døren. Men sagfører Munk var nu kun sig selv, bortset fra en advokatfuldmægtig og en sekretær. Han lignede også en sagfører af den gamle skole. Lidt mere end midaldrende, måske omkring de tres, med klædelige sølvstænk i det velplejede hår. Hun syntes straks, at han lignede det perfekte billede på en engelsk gentleman, og hans kontor var indrettet på en måde, der passede perfekt til det. Bente følte sig straks behageligt tilpas.

Sagføreren startede med at fortælle nogle af de grundlæggende ting om testamentet. Han lagde ikke skjul på, at det var en temmelig usædvanlig form for testamente. Det var i øvrigt udstedt af en sagfører på Cayman Islands, hvor onkel Georg åbenbart havde boet de sidste par år inden sin tidlige død. Det var jo et af de der steder, der blev brugt som skattely. Men det var typisk onkel Georg, der havde tjent de fleste af sine penge ved ejendomshandler og andre former for finansielle fiduser. Hun spurgte, om han havde været syg, eller hvordan han var død, men det vidste sagføreren ikke noget om.

Så gik han over til at forklare nogle af detaljerne i testamentet, og dem var der temmelig mange af. Bente havde fået udleveret en kopi, så hun selv kunne følge med i hans forklaringer.

Den første opgave i det mærkelige testamente gik ud på, at hun skulle købe en rigtig smart bluse til sig selv. Den måtte gerne være i den dyre prisklasse. Bente var ellers ikke vant til at gå særlig meget op i, om tøjet var smart. Bare det var pænt og varmt og så nogenlunde ud.

Mærkevarer havde hun aldrig interesseret sig for. Men det kunne da være helt sjovt at købe en rigtig dyr og lækker bluse til sig selv. Hun tog ind til byen og fandt en af de lidt mere eksklusive modebutikker og fik ekspedienten til at hjælpe sig med at finde det helt rigtige.

Det var jo sådan set udmærket. Men hun syntes, at det var lidt underligt, at hun skulle have den på, næste gang hun skulle op og tale med sagfører Munk på hans kontor. Som om han skulle godkende købet. Han ville også have, at hun skulle gå med den på arbejdet. Hvorfor skulle han blande sig i det.

Kapitel 2

En forfærdelig ulykke

Den 21. oktober ville altid være en sorgens dag for hende. Det var den dag, hendes forældre pludselig var blevet dræbt ved en forfærdelig bilulykke. Og den dag, hun selv, som ved et mirakel, havde undgået at lide samme skæbne. De skulle ud at besøge hendes moster. Og hun skulle selv have været med i bilen, for hun skulle selvfølgelig med til besøget hos Moster Charlotte. Det var en orgelkoncert, der havde reddet hende. Besøget havde længe været planlagt og det hele aftalt, men dagen før havde hun set i avisen, at radioens P2 sendte en orgelkoncert, der meget sjældent blev spillet, fordi den var meget vanskelig, men også skulle være helt fantastisk. Det var netop den eftermiddag, hvor de skulle besøge moster Charlotte, at koncerten blev sendt. Den ville hun ikke gå glip af. Så hun ringede til sin mor og meldte afbud til besøget hos mosteren. Hendes mor havde først studset lidt over det, for det havde jo været aftalt længe, men hun kendte jo sin datters lidenskab for orgelkoncerter og ville ikke forhindre hende i at høre den sjældne koncert, når der nu endelig var en mulighed for det og når Bente nu var så opsat på det. Derfor var Bente ikke med i bilen den dag, da ulykken skete.

Ulykken var sket, da de kørte på en lidt mindre vej ude på landet. Der var ikke andre indblandet i ulykken. Den var sket, da de skulle dreje ned ad en stejl bakke, hvor vejen førte ned i en ådal. Det var som sædvanlig hendes far, der kørte, og han var ellers en erfaren bilist.

Men da han trådte på bremsen for at tage farten af bilen på vej ned ad den stejle bakke, svigtede bremserne, og bilen kørte med stor kraft ind i et stort vejtræ på vejens modsatte side næsten helt nede ved bunden af bakken. Begge forældrene blev dræbt på stedet.

Bilen, de kørte i, var ganske vist ikke helt ny. Det var en 8-9 år gammel Wartburg, et østtysk bilmærke, der ellers ikke gik så mange af. Men den var ganske velholdt i betragtning af alderen, og den havde lige været til et større eftersyn for et par uger siden, og her var også bremserne blevet efterset.

Det havde været et voldsomt chok for hende, da hun fik besked om ulykken. De næste par måneder havde hun været helt slået ud. Men datoen, den 21. oktober 1990, ville altid stå prentet i hendes erindring som en af de værste dage i hendes liv.

Et halvt års tid efter havde hun forladt Aalborg, hvor hun var født og opvokset, og var rejst til København, hvor hun havde boet siden. Hun var blevet optaget på danskstudiet på universitetet, men havde ikke kunnet få det til at fungere, og var sprunget fra allerede efter det første år. I stedet var hun blevet optaget på Biblioteksskolen og havde uddannet sig til bibliotekar.

Hvert år siden havde hun højtideligholdt den dato. Hun kiggede i de fotoalbums, hun havde om sine forældre og mindedes nogle af de bedste stunder, hun havde haft sammen med sine forældre og nogle af sine bedste barndomsminder. I de første måneder efter deres død havde hun noteret en lang række af dem ned i en særlig notesbog med så mange detaljer som muligt. Nu gennemgik hun nogle af de bedste og mest rørende af dem, hvilket altid kaldte tårerne frem, men bagefter var det som om det gav hende en følelse af befrielse at give los for sorgen. Senere på aftenen spillede hun en cd med den specielle orgelkoncert, som hun var blevet hjemme for at høre, og som faktisk havde reddet hendes liv. Cd'en havde ikke været helt nem at få fat på, men efter ihærdige anstrengelser var det til sidst lykkedes for hende.

Kapitel 3
Faster Johanne og Ulla

I dagene efter 21. oktober og en uges tid ind i november var hun tit optaget af at tænke tilbage på nogle af de ting, hun havde oplevet som barn.

Da hun var barn, havde de tit holdt ferie hos faster Johanne. Det var egentlig hendes fars faster, men de havde altid bare kaldt hende faster.

Hun boede i et stort gammelt hus, der lå i udkanten af en landsby og i nærheden af en stor skov, der hed Rold skov. Den skov var så stor, så man nemt kunne fare vild. Sådan noget understregede hendes mor altid. Men sammen med de voksne var den spændende at tage på udflugter og holde skovtur i.

Både om foråret, når anemonerne blomstrede i skovbunden, og lidt senere, når bøgen sprang ud. Men naturligvis allermest hele sommeren og langt ind i efteråret, når træernes blade fik de flotte røde og gule efterårsfarver. Og faktisk også om vinteren, når der lå sne over det hele.

Det var en lille og ganske hyggelig by, fasters hus lå i. Dengang var der nok også mere liv i den slags småbyer. Der var butikker på hovedgaden. Der var postkontor og bibliotek, og der var en togstation. Som regel tog de med toget, når de skulle ud til faster.

Så kom faster og hentede dem ved toget. Hun kørte i en stor gammel Citroën, en

DS-19, der var omkring 20 år gammel.
Det var hendes mand, der havde købt
den dengang, et par år før de blev skilt.

De havde kun været gift i nogle få år. De
havde ikke fået nogen børn. Faster
giftede sig ikke igen. Hun talte aldrig om
det. Men hun havde beholdt bilen, da
manden forsvandt. Og også huset. Ingen
vidste, hvad der var blevet af hendes
mand. Man regnede med, at han havde
forladt hende til fordel for en ung
amerikansk sangerinde, som nogen
havde set ham med, da hun gav et par
koncerter i landet. Hvis man spurgte
faster om det, begyndte hun straks at
tale om noget andet.

Men det var det, de voksne snakkede om,
og som Bente sad og lyttede til lidt
undrende, når det var regnvejr så hun
ikke måtte gå uden for og lege, men bare
skulle sidde i et hjørne af stuen og tegne,

mens de voksne drak eftermiddagste i mange timer og snakkede, snakkede, snakkede om alt muligt som om de havde glemt, at Bente var der. Hun forstod kun så meget, at der var noget gådefuldt i forbindelse med faster, som de voksne heller ikke vidste hvad var.

Men som barn var det mest nogle andre ting, der optog hende. For eksempel var faster Johanne supergod til at lave mad. Endnu bedre end Bentes mor. Når de var på ferie hos faster fik hun alle sine livretter. Og så var der hendes specielle æblekage, hvor der også var noget jordbær- og rabarberkompot i. Den smagte helt fantastisk. Den fik de tit.

Det var for det meste kun Bente og hendes mor, der var på ferie hos faster, mens far blev derhjemme, fordi han skulle passe sit arbejde i firmaet.

Desuden var der tit en af fasters veninder, der hed Ulla. Hun boede lige i nærheden, så hun kom kørende på cykel hver morgen og kørte hjem igen sent om aftenen. Hun var noget yngre end faster, men ældre end mor. Hun havde vist ikke noget arbejde. Bente vidste i hvert fald ikke, hvad det var. Det havde faster heller ikke, men det var jo fordi hun fik folkepension.

Ulla hjalp tit med de praktiske ting, som f.eks. at vaske tøj og skrælle kartofler eller slå græsplænen. Og så kunne hun fortælle en masse spændende historier fra sin tidligere tid som kahytsjomfru på en af amerikabådene, da hun var ung. Hun vidste så mange ting, som Bente ikke selv havde tænkt over. Men engang da far var med derude, var han blevet uvenner med Ulla, og det var begyndt at mundhugges.

En af de bedste ferier, hun havde haft
hos faster Johanne, var det år, hun
fyldte 11. Det havde været rigtig skønt
sommervejr alle fjorten dage. Det var
vidunderligt at stå op tidligt om
morgenen og gå en lille tur rundt i huset,
og så sidde ude i haven og spise
morgenmad, mens solen begyndte at få
mere magt.

De havde været ved stranden næsten
hver dag, selv om der var et stykke vej at
køre. Men faster kørte dem derud i sin
bil. De var som regel afsted alle fire, og
så boltrede de sig i vandet eller to solbad
i klitterne dagen lang. De havde en
madkurv med med frokost og
eftermiddagskage og saftevand til Bente
og kaffe til de voksne. Bente havde
fundet et par legekammerater blandt de
andre børn, der også var ved stranden
hver dag, og de morede sig helt

fantastisk godt sammen. Hun blev helt ked af det, da ferien var ved at være slut, så hun blev nødt til at tage afsked med dem. Der var især en af dem, som hun var blevet rigtig gode venner med. Hun hed Lisa. Hun boede i København, men hendes forældre havde lejet et sommerhus ved stranden der i Østjylland.

De lovede højtideligt hinanden, at de skulle mødes igen til næste sommer. Og at de skulle være pennevenner og skrive breve til hinanden, så de udvekslede adresser. Men det blev nu kun til nogle få breve, og næste år var det slet ikke strandvejr, men gråt og køligt og regnfuldt, og de var kun ved stranden en enkelt dag, og kun fordi Bente plagede om det. Men Lisa var der ikke.

Men året før, det år med en fantastisk sommer, det var en ferie, hun altid ville mindes og tænke tilbage på med glæde og en lille smule vemod – over at det ikke kunne vare ved og være sådan altid.

Sidst på eftermiddagen gik de tit en tur i klitplantagen. Det vil sige, de tre af dem. Kun Bente og hendes mor og faster. Som regel havde de Ullas cykel med bag på bilen, og så cyklede hun hjem og lavede middagsmad, så den stod klar, når de tre andre kom kørende hjem efter deres tur i klitplantagen og var trætte og sultne.

De var også flere gange på udflugter. En af de første dage var de på udflugt til den gamle by i Århus. Bente syntes det var spændende at gå rundt og kigge på alle de gamle huse og se, hvordan det var i gamle dage. Husene var meget flottere dengang, syntes hun. Hvorfor byggede man ikke sådan nogle huse mere?

Moderne huse var meget mere kedelige. Der var først mange år senere, som voksen, at hun fik forklaringen på det, og det var faktisk Lisa, der fortalte hende det, efter at hun pludselig havde mødt hende et helt uventet sted.

Den næstsidste dag i ferien var de på en helt fantastisk skovtur. Det var lidt længere væk end de plejede, i en del af skoven, hvor de ikke havde været før. Et sted midt inde i skoven var de kommet til en stor ruin af en gammel borg. Faster havde fortalt lidt om dens historie. Den stammede helt tilbage fra middelalderen og havde været med til at sikre en lokal stormands magt over området.

Ulla supplerede med at fortælle, at der var et gammelt sagn om, at der fandtes en stor skat af guldmønter i et af kælderrummene nede under den ældste og bedst bevarede del af borgen. Ifølge sagnet skulle en konge engang i middelalderen have gemt en stor guldskat dybt nede i kælderen under en krig eller borgerkrig, for at forhindre, at den faldt i fjendernes hænder. Men han havde aldrig hentet skatten igen.

Bente havde straks spurgt, om ikke de skulle gå ned og lede efter skatten. Men faster var blevet irriteret og sagt, at Ulla skulle lade være med at bilde uskyldige børn den slags løgnehistorier ind. De var næsten kommet op at skændes om, hvad børn havde godt af at få at vide, og hvad ikke. De lød rigtig sure og vrede begge to. Rebekka syntes det var pinligt at høre på. Sådan plejede de da ikke at være.

Lidt efter havde faster sagt, at nu var det tid til frokost, og at hun kendte alle tiders sted til en skovtursfrokost. Men det var lidt længere inde i skoven, på et af de allersmukkeste steder, sagde hun.

Så de skulle lige ud på en lille gåtur først.

Det tog næsten et kvarter, at gå derhen, og Bente syntes ikke engang, at der var noget særligt ved det sted. Hvorfor skulle det være specielt smukt? Men spiste lydigt sin frokost, og ventede på, at de voksne også skulle blive færdige. Men det og en evig tid, syntes hun. De skulle jo have kaffe bagefter, og blev ved med at sidde og snakke.

Endelig var de færdige og pakkede frokosttingene sammen. Bente begyndte at plage om at de skulle gå tilbage til ruinen og lede efter den der skat. Ulla støttede hende og sagde at som barn syntes hun også, at skattejagt var noget af det mest spændende, og det var stadig kun først på eftermiddagen, så det kunne de godt nå.

Men så begyndte faster at skælde ud på Ulla og sagde, at det skulle hun ikke blande sig i, og så begyndte de at skændes og råbe ad hinanden som aldrig før. Men det var faster, der bestemte, så de gik ikke tilbage til ruinen, men i den modsatte retning. Bente var helt vildt skuffet. Faster og Ulla blev ved med at være sure på hinanden, og det endte med, at de kørte hjem tidligere end planlagt. Men den første del af skovturen havde været helt fantastisk.

Året efter var der flyttet en mand ind hos faster. De var vist ikke gift, men han boede der. Bente brød sig ikke om ham. Hun syntes, han var lidt underlig. Til gengæld var Ulla der ikke. Da Bente spurgte, hvor Ulla var henne, sagde faster, at det vidste hun da virkelig ikke – hun var vel bare flyttet.

Kapitel 4

Mon sagføreren kan lide den nye bluse

En stykke tid efter skulle hun så igen møde op på sagførerens kontor. Det var hun jo åbenbart nødt til. Samtalen med sagfører Munk gik heldigvis godt. Hun havde taget den nye bluse på som hun skulle og sagføreren syntes vist den var okay. Hun syntes det var underligt at skulle møde til en slags eksamen hos sagfører Munk for at få indkøbet godkendt, men han sagde, at det stod der udtrykkeligt i testamentet. Det var betingelsen for, at de månedlige 5.000 kroner blev sat ind på hendes konto.

Ellers ville udbetalingerne stoppe. Først nægtede hun at tro på, at det virkelig var sådan, men sagføreren viste hende, hvor i testamentet det stod, og der var ikke noget at være i tvivl om.

Sagføreren gav hende uden forbehold ret i, at det var en mærkelig måde at lave et testamente på, og at han i hvert fald aldrig selv ville være gået med til at lave sådan et testamente. Det var nok noget af det mest besynderlige, han havde været ude for i sine mange år som sagfører. Han tvivlede i øvrigt på, at det ville være muligt at lave sådan et testamente her i landet, men onkel Georgs testamente var jo udfærdiget af en advokat i Cayman Islands, og der så man åbenbart anderledes på den slags. Det var i hvert fald forsynet med alle de officielle stempler og godkendelser, så der kunne ikke være nogen tvivl om dets retsgyldighed, sagde han.

Så der var åbenbart ikke noget at gøre ved det. Bente måtte acceptere vilkårene som de var. Det ville alligevel også være for dumt at frasige sig de 10.000 kroner om måneden fordi hun syntes det var lidt underligt med alle disse månedlige opgaver, og at hun endda skulle møde op på sagførerens kontor og have hans godkendelse af, at hun havde løst månedens opgave godt nok. Men sagføreren var jo venligheden selv og forstod godt hendes situation. Det var da altid noget.

Derefter gik sagfører Munk over til at forklare næste måneds opgave. hun skulle gå til frisøren og få lavet en lidt mere smart og moderne frisure. Hun kunne selv vælge, hvilken frisør det skulle være, og så lade sig råde af frisøren om, hvad der ville klæde hende bedst og fremhæve hendes ansigt mest muligt. Prisen behøvede hun ikke at tænke på. Hun skulle bare huske at få en kvittering fra frisøren. Så ville hun få beløbet refunderet ved det næste besøg på sagførerens kontor, hvor han glædede sig til at se hendes nye frisure.

Bentes første reaktion var, at hvad kom hendes frisure sagføreren ved, og at hun nok selv skulle bestemme sin frisure uden at møde op hos en sagfører for at få den godkendt. Så hun sagde, at hun lige ville tænke over det.

Kapitel 5

Mange penge og mærkelige regler

Da hun kom hjem, kunne hun mærke, at hendes irritation voksede. Hvorfor kunne hun ikke bare få de penge, hun havde arvet, uden videre. Uden alt det der pjat. Og hvorfor ville sagfører Munk kun give hende et månedligt beløb, der mindede om en slags understøttelse, i stedet for bare at overføre hele beløbet til hendes konto. Det var da det normale i den slags sager. Troede han måske, at hun ikke kunne holde styr på så mange penge og derfor var nødt til at få dem i små portioner? Hun brød sig ikke om at blive nedvurderet.

Hvor mange af de der mærkelige regler var egentlig noget, som onkel Georg havde fastsat, og hvor meget af det skyldtes bare nogle forstokkede fordomme hos en lidt emsig og pernittengrynet gammeldags sagfører. Det havde hun lidt svært ved at greje. På den anden side, så kunne det såmænd ligne onkel Georg at lave sådan nogle bestemmelser bare som en slags drilleri, eller for at hun ikke skulle begynde at tro, at hun var noget, bare fordi hun havde arvet en masse penge.

Men 5.000 kroner hver måned – det var jo faktisk rigtig rart. Lejligheden trængte til et par nyanskaffelser. Nu fik hun råd til at købe det der lækre nye komfur, som hun havde kig på. det var også flere år siden, at der var blevet malet. Hun fik også råd til at rejse noget mere. Måske kunne hun endda få råd til at købe sig en lidt større lejlighed, hvis hun var sikker på at have 5.000 kroner ekstra hver måned. Det var ikke fordi hun var pengebegærlig, men sådan et beløb ekstra hver måned i de næste mange år ville virkelig gøre en forskel. Ikke fordi hun havde tænkt sig at solde pengene op. absolut ikke. Den slags lå hende fjernt.

Mange af dem, der kendte hende, betragtede hende nok som lidt af en grå mus. Seriøs og fornuftig, pligtopfyldende, men en lille smule kedelig. Det var nok sådan, de fleste opfattede hende. Det var hun godt klar over. Hun havde jo dybest ikke lyst til bare at være en lille grå mus. En ny og lidt mere smart frisure, det ville måske være en meget god start.

Næste dag ringede hun til sagføreren og sagde, at hun var indforstået.

Kapitel 6
Et nyt udseende?

Da hun et par dage efter kom hen til frisøren, blev det alligevel lidt anderledes, end hun havde regnet med. Der blev gjort meget mere ud af det end hun var vant til. Men det var det, som damefrisøren anbefalede, og hvor hun vist nærmest ville demonstrere alt, hvad hun kunne. Det var Bente slet ikke vant til. Hun plejede at foretrække det så enkelt og ligetil som muligt. Den første tid efter skulle hun ligefrem vænne sig til sit nye udseende, når hun så sig selv i spejlet. Kollegerne på biblioteket var imponerede og roste hendes nye udseende. En af dem spurgte ligefrem, om hun var blevet forelsket, og hun hørte et par af dem hviske og tiske sammen om, at det var ham Christian, som tit kom på biblioteket og spurgte efter nogle bøger, de ikke selv havde stående, men som først skulle bestilles hjem fra hovedbiblioteket eller fra et eller andet fjernarkiv eller nogle gange endda fra Det Kongelige Bibliotek. Christian var gymnasielærer og vist nok midt i trediverne, og han spurgte altid efter Bente, som om det var hende, han foretrak at blive betjent af. Han havde mange af de samme interesser med hensyn til bøger som Bente, og ofte endte de med en rigtig god snak om en bog, de begge havde læst. De to kolleger var enige om, at Christian ville være et rigtig godt parti for hende og var vist allerede begyndt at glæde sig over, at hun nu tilsyneladende var blevet forelsket i ham, siden hun var begyndt at gøre så meget ud af sit udseende. Det var nu ikke tilfældet, men de sagde det jo ikke direkte til hende, så hun havde ikke nogen anledning til at korrigere dem, På en måde var det da også meget sødt, at de glædede sig på hendes vegne, tænkte hun, selv om det altså ikke passede.

Kapitel 7

På vej til at blive gift

Men uanset de ting, der var sket, så
havde hun i hvert fald haft en god og
tryg barndom hos gode og kærlige
forældre, der havde sørget godt for
hende. Hun var deres eneste barn. Var
hun blevet lidt forkælet? Måske. Hun
havde i hvert fald ikke manglet noget,
uden at der dog havde været tale om et
liv i luksus og overflod. Hun var opvokset
i et villakvarter i Aalborg, men efter
forældrenes død var hun flyttet til
København og havde uddannet sig til
bibliotekar, efter først at havde forsøgt
sig med et studium på universitetet.

Hun boede alene i en lille lejlighed. Hun syntes selv, at hun havde fået skabt sig en god tilværelse. Hun var en rigtig bognørd og stortrivedes i sit job som bibliotekar. Allerede som barn havde hun været en læsehest. Hun var 27, og hendes veninder drillede hende venskabeligt med, at hun snart skulle skynde sig at finde en mand, hvis hun ikke ville ende som pebermø. Men den slags gik hun nu ikke så meget op i.

Hendes første og eneste tilløb til at blive gift havde hun haft allerede som ung, mens hun boede hjemme hos sine forældre i Aalborg. Carl-Emil hed han. han var 7-8 ældre end hende, ud af en pæn familie og selv i gang med en karriere inden for erhvervslivet. De havde været kærester i et års tid, og hendes var vist allerede begyndt at se ham som en kommende svigersøn. Hun

havde været vildt betaget af ham, men
var blevet dybt skuffet, da hun
efterhånden opdagede hans mere
negative sider, som han havde skjult så
godt i starten. Men det viste sig, at han
kunne være både intrigant, beregnende
og manipulerende, og han havde allerede
haft to små affører med ansatte i firmaet
i den tid, de havde kendt hinanden. men
han ville overhovedet ikke tale om det.
efter et par kvalfulde måneder havde
hun slået op med ham. det havde været
med til at ødelægge hendes tro på mænd,
og hun havde endnu ikke mødt nogen,
der kunne genskabe den.

Hendes største kærlighed havde været
Erik. Hvis ikke Carl-Emil pludselig var
kommet ind i billedet, var der ingen tvivl
om, at det var Erik, der var blevet
hendes livspartner. Han havde altid
behandlet hende ordentligt. Ham kunne

man altid stole på. Men han var en lidt mere stilfærdig type, der ofte holdt sig i baggrunden i stedet for at mase sig frem. En af hendes veninder dengang syntes ligefrem, at han var lidt af en tørvetriller. Og så kom Carl-Emil pludselig og overstrålede alt og alle. Hun faldt pladask for hans charme og hans karismatiske udstråling. Og så var Erik ude af billedet. Det var hendes livs store fejltagelse, som hun bittert fortrød. Derfor ramte det hende også ekstra hårdt, da hun begyndte at lægge mærke til alle negative ting hos Carl-Emil. Men efter bruddet med Carl-Emil var det for sent at reparere på skaden.

Kapitel 8

Drømmen om at have kunnet afværge det

Ikke så længe efter var det forfærdelige sket, hvor hendes forældre pludselig var blevet dræbt. Det tog lang tid for hende at komme over det chok. De havde været på vej ud for at besøge hendes faster, der boede i en lille by syd for Limfjorden, da ulykken skete. Faktisk skulle hun selv have været med ud at besøge faster, men hun havde pludseligt meldt. Det var hendes lidenskab for orgelkoncerter, der havde reddet hende. Netop den dag spillede radioens P2 en helt særlig orgelkoncert af en af de gamle mestre.

Ikke Johan Sebastian, men en af de andre og mindre kendte. En af dem, der næsten aldrig bliver spillet, fordi den er så vanskelig. Det var en enestående chance for at komme til at høre den. Den ville hun ikke gå glip af, så hun ringede til sin mor og meldte afbud til besøget hos faster. Det reddede hende.

Ellers ville hun have været med i bilen, da den ramte et vejtræ og blev totalskadet. Ulykken var sket ude på landet, hvor de kørte på en smal vej, der drejer skarpt til højre og går stejlt ned ad mod en ådal. På vej rundt i svinget havde hendes far mistet herredømmet over bilen, og den var braget lige ind i et stort vejtræ med høj fart.

Bilen var en østtysk Wartburg, som der dengang gik nogle stykker af, også her i landet. Det var en totakter, og derfor havde den friløb, så han kunne ikke motorbremse. Derfor trådte han på bremsepedalen for at tage farten af vognen under den stejle nedkørsel. Men bremserne svigtede. De virkede pludselig slet ikke, så med fuld fart ramte bilen et vejtræ på den modsatte side af vejen, næsten ved bunden af det stejle stykke. Det var en såkaldt soloulykke. Der var ikke andre implicerede. Men bilen blev knust og begge forældrene blev dræbt på stedet.

Det var et stort chok for hende. Hun ville nok aldrig helt kunne forlige sig med det. Det virkede så meningsløst. Udover sorgen over at have mistet begge sine forældre på den voldsomme måde, så var hun i lang tid plaget af et mareridt om at hun selv havde været med i bilen, sådan som det jo havde været planen, hvis ikke lige det havde været for den der sjældne orgelkoncert, som hun så gerne ville høre.

Senere begyndte hun at drømme en anden drøm, der også handlede om, at hun var med i bilen, men at det lykkedes hende at afværge ulykken. I drømmen sad hun foran ved siden af sin far, der kørte. I virkeligheden var det altid hendes mor, der sad der, når de var tre i bilen. Men i drømmen var det altså hende. Hun fornemmede straks, da det var ved at gå galt. Resolut greb hun fat i rattet med venstre hånd og vred det hårdt rundt til højre, så bilen kørte lige ud ned at den stejle bakke i stedet for at køre skråt til venstre og ramme ind i vejtræet. Resultatet blev, at bilen kørte u over vejkanten nede i dalen og fortsatte et stykke ud på en flad græsmark, hvor den gik i stå, uden at nogen kom til skade. I en lang periode drømte hun tit den drøm.

Efter alt det var sket, var der ikke længere noget, der bandt hende til Aalborg. Ikke hendes gamle mormor, der var død af sorg kort efter ulykken. Heller ikke hendes moster, som hun aldrig havde haft noget særlig nært forhold til. Og da i hvert fald slet ikke onkel Georg, som hendes far havde haft så mange stridigheder med. Ham brød hun sig ikke om. Hendes fars modsætning. Onkel Georg havde tjent styrtende med penge med penge som ejendomsspekulant, sidegadevekselerer, grossist på tvivlsomme varepartier og andre mere eller mindre lyssky aktiviteter. Han var brovtende og pralende og havde flere gange vakt skandale i beruset tilstand. Den slags havde hendes forældre altid holdt sig for gode til. Hendes fars anden halvbror, Karl-Erik havde hun kun mødt nogle få gange.

Anden familie end det havde hun, så vidt hun da vidste, ikke. Hendes venner og veninder fra skolen og gymnasiet var spredt for alle vinde. Hendes mislykkede kærlighedsaffærer ville hun helst undgå at blive mindet om. Både de store, ulykkelige med Erik og Carl-Emil, og hendes korte og virkelig totalt kiksede og pinlige med en, der hed Paul under et ferieophold. Så der var ingen grund til at blive i Aalborg. Der var alt for mange minder, der kunne overvælde hende. Hun trængte til at komme væk og starte på en frisk.

Så efter at boet efter hendes forældre var blevet gjort op, rejste hun. Hun var allerede flyttet hjemmefra og hen på et værelse i nærheden af forældrene et års tid før, men først nu følte hun, at hun for alvor flyttede hjemmefra. Hun var flyttet til København og var begyndt at læse dansk og litteraturvidenskab på universitetet. Men det studium opgav hun ret hurtigt. I stedet søgte hun ind på biblioteksskolen for at blive bibliotekar, og det havde hun ikke fortrudt.

Kapitel 9

Hvad havde han gang i?

Når Bente tænkte tilbage, var der flere ting, der godt kunne undre hende. Bare nogle små ting, som hun ikke rigtig kunne få til at passe sammen. men måske betød det slet ikke noget, når det kom til stykket. Der var for eksempel en lille detalje, der angik Carl-Emil, hendes tilløb til en forlovelse, der havde skuffet hende og såret hende så voldsomt. Det, som hun pludselig en aften var kommet i tanker om, var bare en lille episode, der havde undret hende. Det var noget, der var sket 5-6 måneder efter at det var helt forbi mellem dem, og hun ikke havde regnet med nogensinde at møde ham igen.

Dengang hun stadig kom sammen med ham og var forelsket i ham, havde hun flere gange haft ham med hjemme, så han kunne lære hendes familie at kende – og omvendt. Både hendes far og mor havde syntes rigtig godt om ham. hendes mor havde straks set en kommende svigersøn i ham. men hendes far havde bestemt heller ikke været afvisende over for tanken. Hendes mor havde flere gange talt om at holde et forlovelsesgilde. Det var alt sammen dengang da hun stadig var vild med ham. inden det hele ramlede, og hun begyndte at opdage hans mere negative sider, som hun ikke bare kunne forlige sig med. Når hun tænkte tilbage, så slog det hende, at de aldrig gik i detaljer med det. De talte aldrig rigtig om det. når hun bragte det op, så havde han aldrig tid til at diskutere det – "ikke lige nu". Det havde nok heller ikke ændret noget alligevel. Så var hun måske bare blevet endnu mere ked af det.

Men da endelig havde taget sig sammen til at slå op med ham og gøre det forbi, så var det lidt af en plage, at hendes forældre syntes så godt om ham, og ikke rigtig kunne forstå, at hun havde brudt med ham. i den situation ville det faktisk have fundet lidt, hvis de havde været lige så skuffede og utilfredse med ha som hun selv var. Men de kendte ham jo ikke så godt, som hun gjorde, og de havde ikke stiftet bekendtskab med hans noget mere mørke og utiltalende sider. De betragtede ham stadig som enhver svigermors (og svigerfars) drøm. De var stadig lige begejstrerede for ham på grund af den charme, som han jo også havde, og som hun selv var faldet pladask fr i starten af deres forhold.

Men det, som hun pludselig var kommet i tanker om, og som undrede hende, det var denne her lille episode, engang da hun var kommet hjem førend planlagt, fordi en veninde var blevet forkølet og havde aflyst deres fælles cafébesøg. Det var i sensommeren og stadig lunt vejr. Da hun kom gående ad fortovet på vej hen til deres havelåge, havde hun fået øje på Carl-Emil, der stod sammen med hendes far. Men pludseig kom han åbenbart i tanker om, at han hellere måtte skynde sig videre. Hendes far havde lagt armen faderligt om skulderen på ham, næsten som om han var en søn af huset, og havde sagt til ham, at han kunne jo bare ringe, så skulle de nok finde ud af noget. Så skyndte Carl-Emil sig ellers ud til sin bil. Han havde

åbenbart fået ny bil – en superlækker
rød Alfa Romeo – og så drønede han af
sted, som om han helst ville undgå at
møde hende. Og det var altså flere
måneder efter, at hun havde brudt med
ham.

Kapitel 10

Bentes Lille Bibliotek for Digte

Hun var ked af en del af de ting, der var sket med hendes bibliotek i de få år, hun havde været der. Ind i mellem kunne hun godt være utilfreds med alle de beslutninger, der blev truffet fra centralt hold. Den nye stadsbibliotekar, der stod for ledelsen af biblioteksvæsnet i hele kommunen, ville lave om på alting. Det irriterede også tit hendes kolleger. Hvorfor kunne de ikke selv få lov til at bestemme noget mere på de enkelte afdelingsbiblioteker.

Bente var særlig ked af det med digtene. De skulle helt væk fra hylderne. Ordre fra højeste sted. Fra stadsbibliotekaren himself. Deres egen chef, afdelingsbibliotekaren for det lille filialbibliotek, havde ikke nogen indflydelse på det. Men fra centralt hold syntes man ikke, at digtsamlingerne blev udlånt tit nok. I dag var det jo udlånstallene, der var det helt afgørende. Og digtsamlinger hørte til de bøger med færrest udlån. Så nu skulle de væk. Selv de mest kendte som Pia Tafdrup, F. P. Jac, Dan Turell, Henrik Nordbrandt og Søren Ulrik Thomsen. Bente syntes, at de skulle have lov til at blive. Herregud, de fyldte jo kun en enkelt hylde. Fremover var det kun muligt at låne digtsamlinger på hovedbiblioteket. Eller også skulle de bestilles hjem. Det havde kommunens centrale biblioteksledelse besluttet i deres uendelige visdom. Så blev der plads til lidt flere krimier og oversatte bestsellere. Men hun var jo nødt til at være loyal overfor ledelsens beslutninger.

Efter frokost begyndte der dog faktisk efterhånden at komme lidt flere biblioteksbrugere, som det hed i den officielle sprogbrug. Eller lånere, som Bente stadig foretrak at kalde dem. Selv om biblioteket efterhånden handlede om meget andet end at udlåne bøger. Nu var der jo mange andre medier, der var kommet til, og mere og mere foregik digitalt i hele samfundet. Men Bente syntes stadig, at det var bøgerne, der var det vigtigste her på biblioteket. Det, at man kunne gå på biblioteket og låne bøger, som det kunne være svært at få fat på andre steder, det syntes hun var en stor værdi, og faktisk en af bibliotekets vigtigste opgaver. Også selv om nogle af de bøger måske ikke blev udlånt særlig tit.

Men efterhånden var et bibliotek jo ved at blive et sted, hvor man kunne gå hen for at læse de samme krimier og de samme bestsellere som dem, der blev solgt i Kvickly og Bilka, bare uden at skulle betale for det, og det havde hun svært ved at se ideen med – især hvis det var det eneste, der blev tilbage af bibliotekernes rolle.

Da det var blevet besluttet, at der ikke længere skulle udlånes digtsamlinger på filialbibliotekerne, så kunne man jo lige så godt skille sig af med dem, mente ledelsen. Så de blev lagt frem til salg sammen med de andre kasserede bøger, der ikke havde bestået den årlige udlånseksamen og derfor blev sat til salg for 5 kr. pr. styk, så biblioteksgæsterne kunne købe dem. Det var ikke velset, at personalet selv købte de kasserede bøger. Så hun fik to af sine veninder til at komme over og købe dem. Digtsamlingerne altså. Først kom Hanne om formiddagen og købte en ordentlig stak af dem, og senere på dagen kom så Marianne og købte resten, for at det ikke skulle virke alt for påfaldende.

Men det gjorde det jo nok alligevel, når der pludselig var så stor interesse for at købe de kasserede digte, og de var nogle af de første kasserede bøger, der blev solgt. En så pludselig og voldsom interesse for digte kunne ikke undgå at virke mistænkelig på en garvet og erfaren bibliotekschef af den type, som afdelingsbibliotekaren jo var.

Bente havde jo selvfølgelig haft en plan med det. Hvorfor ikke lave "Bentes lille bibliotek for digte" i et hjørne af disken.

Eller under disken, i et af de tomme rum, der var der. Dem, der ville låne en digtsamling, kunne så komme hen og låne den af hende i stedet for at låne den af biblioteket.

Men den gik ikke. Hun kunne ikke bare lave sit eget lille bibliotek i biblioteket, sagde afdelingsbibliotekaren, så den plan måtte hun opgive.

Men det var der jo ikke noget at gøre ved. Det lå ikke til hende at gøre oprør og lave rav i den. Hun syntes bare, at det ville være en god idé. Hun så ud ad vinduet. Det var begyndt at sne igen. ikke snestorm, bare ganske stille. Hun elskede den form for snevejr. Hvis det også sneede på den måde på tirsdag, når hun skulle hen til sagfører Munk, så ville hun måske gå derhen ad de stille snedækkede sidegader og stien gennem parken.

Kapitel 11

Bente får dårlig samvittighed

Det var en mandag formiddag på det lille filialbibliotek. Bente havde trodset vintervejret og var mødt ind på sit arbejde til tiden. Selvfølgelig. Selv om der nok ikke kom særlig mange for at låne bøger i sådan et vejr. Det var januar og vinteren havde skruet bissen på. 10 graders frost og hylende snestorm.

Det var nu ikke noget, der gik Bente særlig meget på. hun var jo ung og frisk. Det var værre for et par af de ældre medarbejdere, der ovenikøbet boede længere væk. Bente boede lige i nærheden. Hun plejede at cykle derhen på 15-20 minutter. Men i dag var hun taget med bussen. Den var overfyldt i det her vejr, men det var da lykkedes hende at mase sig op og komme med, lige før chaufføren smækkede dørene i og efterlod 12-15 ventende passagerer ved busstoppestedet. Blandt dem en ældre dame, der med besvær støttede sig til en krykkestok.

Bente fik pludselig dårlig samvittighed over, at hun havde haft så travlt med at mase sig frem og komme med. Burde hun ikke have ladet den gamle dame komme med i stedet for, og så selv have ventet på den næste bus. Også selv om hun så ville være kommet lidt for sent på arbejde. Hun var opdraget til at vise hensyn og ikke kun tænke på sig selv. Men det var også vigtigt for hende at møde til tiden. Det var kun sket en gang tidligere i de fire år, hun havde været ansat, at hun var kommet for sent. Men måske burde hun alligevel have tænkt på den gamle dame med krykkestokken i stedet for selv at ville være perfekt. Den slags dilemmaer optog hende en hel del.

Men hun var hun altså mødt ind på arbejde – til tiden – og så koncentrerede hun naturligvis om det. Der var nu specielt meget at lave lige nu, så hun snakkede lidt med kollegerne om vejret. Klokken elleve var der stadig kun kommet en enkelt låner, der skulle aflevere nogle bøger, der havde overskredet fristen med en uge og snart ville udløse nogle rigtig store bøger på grund af for sen aflevering.

Ellers holdt folk sig hjemme. Men da de kom lidt op ad dagen, var der jo alligevel arbejde, der skulle gøres. Bøger, der skulle sættes på plads. Tidsskrifthylden skulle ordnes. Og avishylden. De havde kun aviser fra de seneste 14 dage, mens alligevel syntes hun altid de rodede. Hvorfor kunne folk ikke finde ud af at sætte dem ordentligt på plads i den rigtige rækkefølge, når de havde læst i dem. Hvis folk ville have aviserne ældre end de 14 dage, så måtte de ind på hovedbiblioteket. Hun ordnede hurtigt og kompetent aviserne, så de stod, som de skulle. Men der var også andre ting. Kopimaskinen skulle have noget mere tonerpulver. Der skulle ryddes op omkring computerne. Det halvårlige salg af kasserede bøger skulle forberedes. Og det var hendes tur til at brygge kaffe til de andre. Der var altid noget at gøre for en bibliotekar.

Kapitel 12

Den store indkøbstur

Dagene gik som de plejede. Og dog. Hun
kunne ikke lade være med at tænke på
sin store bytur, som hun kaldte det. Ind
imellem syntes hun, at dagene gik lidt
langsommere end ellers. Men det var
måske bare, fordi hun var utålmodig –
hun som ellers var tålmodigheden selv.
Eller forventningsfuld, tænkte hun. Det
var måske et bedre ord for det. Så det
var nok det, hun var.

Endelig blev det onsdag. Hun stod tidligt
op, selv om det var hendes fridag. Efter
morgenmaden klædte hun sig pænt på og
gjorde sig parat til at tage af sted. Hun

kunne ikke lade være med at kigge et par gange på det Dankort, som sagfører Munk havde givet hende til at købe ind for. 15.000 gode danske kroner, havde sagføreren sagt, at der stod på det. Det var faktisk mange penge. Rigtig mange penge, bare til at bruge på sig selv. Til at købe tøj for. Nyt smart tøj. Hun havde svært ved at vænne sig til tanken. Var det ikke lige lovlig ødselt? Men det var altså nu engang det, der var månedens opgave, hvad enten hun kunne lide det eller ej. Men når hun skulle være helt ærlig, kunne hun nu faktisk godt lide det. Hun skulle bare lige vænne sig til det.

Aftenen før havde hun siddet og kigget tilbudsaviser. Både den fra Føtex og fra Bilka og Kvickly. Der var faktisk et par rigtig gode tilbud. En sød bluse hos Føtex og et par lange bukser, der passede til.

Sagføreren havde ganske vist sagt, at hun skulle klæde sig lidt mere feminint og vænne sig til at gå i nederdel i det mindste to gange om ugen, i stedet for altid at gå i lange bukser. Men hun var lidt sur over, at han skulle bestemme den slags. Det stod vel ikke ligefrem i testamentet, hvordan hun skulle gå klædt. Det var nu engang mere praktisk med lange bukser, syntes hun. Det skulle hun nok selv bestemme.

Hun tjekkede tilbudsaviserne igen. Der var ikke et eneste tilbud på lange bukser i denne uge. Derimod havde de fleste et eller flere tilbud på nederdele i flere længder og udformninger. Og det skulle være i denne uge, havde han sagt. Mon han havde siddet og kigget tilbudsaviserne igennem og bevidst valgt en uge, hvor der ikke var nogen tilbud på lange bukser, men masser af tilbud på både kjoler og nederdele. Men der var da et par pæne bluser, som hun godt kunne købe. Og så var der for resten også tilbud på Sloggi-trusser. Dem kunne man jo altid bruge nogle ekstra af.

Så startede hun sin lille Nissan Micra og kørte afsted mod den nærmeste Føtex. Det var den, der lå tættest på, hvor hun boede, så hun kunne lige så godt starte der. hun havde i forvejen planlagt en rute, så hun kunne komme fra den ene butik til den anden af de forskellige butikker på den nemmeste og hurtigste måde og samtidig spare lidt benzin ved at undgå alt for meget køkørsel på de mest befærdede veje.

Men da hun kom hen til sin sædvanlige Føtex, var der ikke nogen ledige parkeringspladser. Kun de to handicappladser var tomme. Men der ville hun ikke holde. Det syntes hun var forkert. Så hun kørte videre til den næste Føtex-butik, hvor hun også en gang havde været, så hun fandt den uden det helt store besvær. Og der var der heldigvis flere tomme p-pladser, hvor hun kunne holde.

Hun følte sig lidt spændt, da hun havde parkeret bilen og gik hen til forretningen. Selv om hun godt vidste, at det var noget pjat, så følte hun det faktisk en lille smule, som om det var et eventyr, hun skulle til at starte på.

Hun fandt hurtigt den bluse, hun havde set i tilbudsavisen, men den farve, hun gerne ville have, var der ikke. Der var kun en farve tilbage af de tre, blusen havde været vist i i kataloget, og den brød hun sig ikke om. Hun så sig lidt om i butikken, om der måske var noget andet, der kunne bruges. Der var faktisk et par andre ting, der så lidt spændende ud. Nogle, som hun ikke kunne huske fra tilbudsavisen, så de var nok slet ikke nedsat. Men det var måske heller ikke lige hendes stil. Men hun gik alligevel hen og kiggede på dem, nu hun var her. Hun havde hjemmefra besluttet, at hun skulle købe mindst en ting hvert af stederne, så hun ikke endte med at komme tomhændet hjem. Så hun måtte hellere se at komme i gang.

Hun var ikke helt tilfreds med de to bluser, hun så købte, for hun syntes det var lidt for vulgære, men noget skulle hun jo købe, og så tog hun også en af nederdelene med, når nu sagføreren så gerne ville have det. Der var jo penge nok at købe for, og selv om hun købte den og viste den frem for sagføreren, så behøvede hun vel ikke at gå med den særlig tit, så hun gjorde sig ikke så stor umage med at vælge, hvad for en, det skulle være.

Der var også et pyjamassæt, hun godt kunne lide. Det var ganske vist lidt dyrere, end hun havde regnet med, men hun havde jo råd til det! der var også et smart tørklæde, og en bluse til med nogle søde detaljer. Nu hun var der, besluttede hun sig for også at købe Sloggi-trusserne der, selv om de ikke var på tilbud. Så slap hun for at køre helt ud til Bilka.

Det var jo faktisk sjovt at gå på indkøb, når man havde penge til at købe alt, hvad man ville, tænkte hun, da hun gik op til kassen med den fyldte indkøbsvogn. Det løb på til næsten 1500 kroner i det hele, men det var jo ikke noget problem med det Dankort, hun havde fået af sagfører Munk. Hun følte sig virkelig ødsel, da hun gik derfra med sine fyldte indkøbsposer. Hun læssede poserne ind i bilen og kørte videre mod den nærmeste Kvickly. Der gik det nogenlunde ligesom i Føtex. Bare lidt vildere. Regningen kom op på over 2.000 kroner, før hun var færdig. Men her købte hun også mere ukritisk ind af alt hvad hun lige på øje på. måske havde hun en lille shopaholic i sig, tænkte hun, da hun kørte hjem. Hun bar alle indkøbsposerne op i lejligheden og begyndte at pakke ud og lægge på plads. Der var faktisk nogle rigtig lækre ting mellem det, hun havde købt.

Kapitel 13

Sagføreren fælder sin dom

Onsdagen efter var hun oppe hos sagfører Munk. Hun havde naturligvis sørget for at gemme kassebonerne og havde taget dem med, så hun kunne vise dem til sagføreren. Hun havde også taget noget af det nye tøj på. noget af det smarteste af det, syntes hun. Noget, der var lidt mere vovet end det, hun plejede at gå med. men sagføreren var slet ikke tilfreds. Han sukkede opgivende, som om han syntes, at hun var lidt tungnem og slet ikke havde forstået, hvad det gik ud på. det var jo meningen, at hun skulle bruge alle pengene på kortet. Og kunne hun virkelig ikke finde nogle andre og lidt mere spændende steder at købe tøj, end i Føtex og Kvickly, spurgte han. nu måtte hun altså tage skeen i den anden hånd.

Så nu måtte hun på den igen. Denne gang var det jo åbenbart ikke nok med Føtex eller Kvickly. Hun måtte tage tyren ved hornene og tage ind til Strøget i midtbyen. Det var vist der, de eksklusive butikker lå. Hun tog med S-toget for at undgå besværet med at finde en parkeringsplads. Hun startede i en af sidegaderne til Strøget. Lidt tøvende gik hun ind i en af butikkerne. Den var godt nok flottere end Føtex, tænkte hun. Hun gik lidt rundt i butikken og prøvede at se ud som om hun var vant til at komme sådan nogle steder. Der var mange lækre ting. F.eks. en nederdel, som hun syntes godt om. Men prisen! 1600 kroner! For en nederdel!

Hun skyndte sig at hænge den på plads igen. men hun var her jo for at købe, ikke for at spare! Resolut tog hun nederdelen ned fra stativet og fandt en kjole og en bluse og en bluse og en kjole til. Pludselig følte hun sig lidt pinligt til mode. Hun følte sig ikke rigtig hjemme i den her butik. Uden at prøve tøjet skyndte hun sig at betale, og så ud af butikken. Hun havde dog lige nået at tjekke, at det var den rigtige størrelse. Lidt styr havde hun dog på det.

Nu trængte hun til et eller andet. Det var skam hårdt at gå på indkøb. Hun gik ind på en café og købte en kop kaffe. Det var dejligt at sidde og slappe lidt af. Hun burde måske have planlagt det lidt bedre. Men nu var hun midt i det, og så måtte hun bare fortsætte. Det hjalp faktisk lidt med den kop kaffe. Forfrisket rejste hun sig og gik ud på gaden igen.

Men hvad skulle hun nu købe? Hvad havde hun brug for? Ja, efter indkøbene for en uge siden i Kvickly og Føtex havde hun faktisk det meste af det hun behøvede, så det kunne hun ikke benytte som rettesnor. Hun var nødt til bare atkøbe det, hun havde lyst til. Bare finde noget, der så smart og spændende ud, og være lige glad med, om hun strengt taget havde brug for det eller ej.

Den næste butik, hun kom ind i, var dyrere end den første. Det var faktisk nogle ret lækre ting, de havde, men i en noget anden stil end det tøj hun plejede at gå i. Ville de ikke komme til at se helt forkerte ud på hende? Hun ville mere komme til at ligne en filmstjerne end en bibliotekar, og det skulle man da lige vænne sig til, tænkte hun. Nå skidt,

sådan var det åbenbart. Hun måtte bære
sin skæbne med tålmodighed. Da hun
kom ud af butikken igen, havde købt for
næsten 4.000.

Nu måtte det være tid til nogle sko. Hvis
det også skulle være i den smarte og
modebevidste udgave, så var det i hvert
fald noget, hun var underforsynet med.
man siger så tit, at kvinder er vilde med
sko, og at de næsten ikke kan få nok af
dem. Men det havde hun nu ikke mærket
noget til. Hun var tilfreds med de gode,
solide fodformede. De var så behagelige
at gå med, syntes hun. Så hvorfor skulle
man egentlig have brug for andre sko
end dem? Men her var i hvert fald et
område, hvor hun kunne få brugt nogle
af pengene på kortet. De første, hun
kiggede på, var et par røde højhælede.
Men var de nu ikke lige højhælede nok?
Man skulle jo også helst kunne gå i dem,

og de var nok ikke ligefrem beregnet til en travetur i skoven. Men hun havde faktisk lyst til at købe dem alligevel. Bare for sjovs skyld. Hun købte også et par sorte og knap så højhælede, men rigtig elegante. Og også lige et par guldsko. Når nu hun var i gang. Og et par smarte, men alligevel også praktiske støvletter med noget lunt for, så de ville være gode i vintervejr og sne. Det var alt sammen i den lidt dyre prisklasse, så det samlede beløb, hun efterhånden havde brugt, var kommet godt der op ad.

Men nu måtte det også være godt nok. Der var vel grænser for, hvad sagfører Munk – eller det der underlige testamente – kunne forlange af hende. Nu skulle hun hjem med alle sine indkøb. Hun skulle lige tænke sig om for at huske, hvor det var, hun havde stillet bilen. Men hun var jo slet ikke i bil! Hun

var jo kommet herind med S-toget. Det
ville ellers have været praktisk med en
bil til alle indkøbsposerne. Men
selvfølgelig! Hun tog da bare en taxa
hjem, og betalte med Dankortet fra
sagføreren. Så blev der også brugt lidt af
det, der stadig var tilbage på kortet.

Kapitel 14

Christian inviterer hende ud at spise

Endelig havde Christian inviteret Bente ud at spise. Han havde vist taget tilløb til det et par gange – eller var det bare noget, hun bildte sig ind? Han var i hvert fald flere gange kommet hen til netop hende med sine forespørgsler om nogle forskellige bøger, som han var interesseret i. Ofte var det nogle, der måtte bestilles hjem, fordi de ikke havde dem stående på det lille filialbibliotek.

Han var vist nok gymnasielærer, og han var tydeligvis en udpræget bognørd ligesom Bente selv. Det var tit den

samme slags bøger, som han også
interesserede sig for, så der var måske
grundlag for et nærmere bekendtskab.
De havde efterhånden haft mange
interessante samtaler om bøger og
forfattere og al den slags. Hun havde
flere gange diskret set efter, om han bar
vielsesring – og nej, det gjorde han ikke!
Men i vore dage var det jo ikke sikkert,
at det betød så meget. I dag boede folk jo
ofte sammen med en fast kæreste uden
at være gift. Det kom jo egentlig heller
ikke hende ved. Det var bare noget, hun
havde moret sig med at kigge efter for
sjovs skyld.

Man kunne jo godt bare i al
fredsommelighed og stilfærdighed hygge
sig sammen med nogen, som man havde
fælles interesser med – også selv om det
var en person af det modsatte køn – uden
at der behøvede at ligge andet i det end

det. Det var nok i virkeligheden det allerbedste og det sikreste at satse på. Så undgik man at blive fyldt med længsel og savn, som man ikke vidste, hvad man skulle stille op med, når ballonen revnede og der kun var svigtede løfter og skuffede forhåbninger tilbage. Det havde hun prøvet et par gange, og det opfordrede ikke til en gentagelse. Så det her var en meget bedre måde at gøre det på. Det var hendes måde, hendes stil. Det var den kloge, rolige og fornuftige måde.

Men hvis han nu var gift – eller boede sammen med en – så kunne en hustru eller en fast kæreste sikkert også godt finde på at blive jaloux over den her type af helt uskyldigt samvær som for eksempel en fælles interesse for bøger og litteratur, og lægge en hel masse i det, som der slet ikke var nogen grund til. En

kone eller kæreste kunne måske nemt
finde på den slags, hvis de var den jaloux
eller besiddende type. Så alene af den
grund ville det nok være en fordel, hvis
han var single. Og det regnede hun da
også som udgangspunkt med, at han
sikkert var.

Men efter mange og lange samtaler om
bøger under hans hyppige besøg på
biblioteket, havde han nu endelig taget
sig sammen til at invitere hende ud at
spise. Der var kommet en ny restaurant
henne i udkanten af kvarteret. Den var
vist meget trendy og var blevet rost for
sine fremragende og nyskabende
kulinariske kvaliteter, som det hed i en
artikel i lokalavisen. Bente havde ikke
selv været der. Når hun en gang imellem
gik ud sammen med en af sine veninder,
så var det som regel på en café eller et
spisested i en noget lavere prisklasse. Så

det så ud til, at Christian virkelig havde flottet sig og gjort noget ud af det. Det tegnede jo godt.

Da dagen kom – eller aftenen, som det jo var – kom han og hentede hende i sin bil. Han havde klædt sig pænt på i et velsiddende jakkesæt, som hun ikke havde set ham i før, og han havde en dyr æske chokolade med til hende. Efter en del overvejelser havde hun besluttet at tage en lang kjole på og et sjal over skuldrene, når hun nu skulle ud at spise på en dyr restaurant. Det var ellers længe siden, hun havde haft en kjole på. Til daglig gik hun altid i lange bukser. Det var meget mere praktisk, syntes hun. Men hun havde da stadig et par kjole hængende i skabet til fint brug. Og så var der jo de nye, hun lige havde købt. De var jo lidt mere elegante end de gamle. Hun fik travlt med at prøve de forskellige muligheder. Det var svært at vælge. Hun endte med at vælge den flotteste af de nye. Det var også den, der sad bedst på hende. Hun spekulerede på, om det måske virkede lidt overdrevet at møde op i lang aftenkjole, men det var den af dem, hun passede bedst. Da hun så så, hvor meget Christian havde gjort ud af det, følte hun sig bekræftet i, at det nok alligevel havde været det rigtige at gøre.

På den korte køretur hen til restauranten blev der ikke vekslet mange ord. De var vist begge to lidt forlegne ved situationen og vidste ikke rigtig, hvad de skulle sige. Da de kom derhen, tog det lang tid for Christian at finde en parkeringsplads. Det gjorde hende kun mere nervøs. Det var længe siden, hun havde været på en date. Nej sikke noget pjat, tænkte hun, det her var jo ikke nogen date, det var bare en hyggelig middag sammen med en god bekendt.

Da de havde fået parkeret bilen og efter en lille spadseretur i aftenkulden nåede hen til restauranten og kom indenfor, blev hun overrasket over, hvor meget der var gjort ud af indretningen. Det måtte da have kostet en formue. Man kunne se, at der virkelig var blevet arbejdet med at indrette det, så det så elegant og eksklusivt ud, men samtidig på en lidt underspillet måde, som bare fik hele stedet til at ose endnu mere af virkelig klasse. Men så havde de allerede et samtaleemne der.

Christian havde bestilt bord og havde fået et rigtig godt vinduesbord til dem. Tjeneren kom med en velkomstdrink til dem og en lille kurv med nogle små hjemmebagte økologiske mini-grovflutes med hvidløgssmør til, som de kunne sidde og spise lidt af, indtil maden kom. De skålede i deres velkomstdrinks.

Så kom tjeneren med menukortet og de skulle finde ud af, hvad de skulle have at spise. Alle retterne på menukortet så meget eksklusive ud. Bente var ikke vant til den slags kulinariske specialiteter. Når hun selv lavede mad derhjemme, var hun vant til at spise enkelt, grønt og økologisk. Og næsten helt vegetarisk. Så hun lod Christian vælge, hvad de skulle have, og tog det samme som ham, uden helt præcis at vide, hvad det delvis franske navn på retten stod for. Det virkede han meget tilfreds med. Og det var absolut ikke, fordi han havde valgt noget af det billigste på kortet. Også på vinkortet valgte han en af de dyreste og mest eksklusive rødvine, de havde.

Allerede velkomstdrinken havde løsnet deres rungebånd lidt, og det blev kun forstærket, da rødvinen kom og blev skænket op. Den var virkelig fremragende, det kunne selv Bente smage, selv om hun ellers ikke var den store vindrikker til daglig. Under forretten kom der gang i en mere egentlig samtale. Christian fortalte om sin ferie i Barcelona for et par år siden, hvor han blandt andet havde værct rundt at se alle arkitekten Antonio Gaudis berømte bygningsværker, som Bente havde en bog om derhjemme.

Hovedretten var usædvanlig var usædvanlig lækker, og de nød den i næsten tavshed, kun afbrudt af nogle småbemærkninger, eller når de skålede i den pragtfulde vin. Det var virkelig et måltid i topklasse.

Til dessert lod han hende vælge, hvad de skulle have. Hun valgte en isdessert med en kompot af eksotiske frugter, og den viste sig at være rigtig lækker. Bagefter fik de kaffe, og her kom der rigtig gang i snakken. De sludrede løs om alt muligt på en måde, som de ikke havde gjort før, hvor de jo kun havde mødtes på biblioteket og havde holdt sig strengt til emnet bøger og litteratur. Hun følte sig rigtig godt tilpas i hans selskab.

Da de var færdige med kaffen, som de havde siddet og snakket længe over, og han havde kaldt på tjeneren og havde betalt med et kreditkort, og diskret havde sørget for, at hun ikke så beløbet på regningen, havde hun egentlig regnet med, at han så bare ville køre hende hjem efter en dejlig aften. Men han spurgte, om ikke de skulle køre hjem til ham og få en bid natmad – og så havde han en helt fantastisk likør fra Spanien, som han syntes, hun skulle smage. Og så havde han i øvrigt også en ting til, som han havde glædet sig til at vise hende, og som troede ville interessere hende meget. Det var noget med en kopi af en gammel artikel fra et tidsskrift, og han regnede med, at det lige ville være noget for hende. Men han ville ikke sige, hvad det var.

Så Bente kørte med ham hjem. Hun kunne straks konstatere, at han da i hvert fald boede alene, for da han viste hende rundt i lejligheden var der ikke nogen spor efter kvindelig tilstedeværelse. I øvrigt var den treværelses lejlighed i et forholdsvis nyt byggeri smagfuldt indrettet med pæne kvalitetsmøbler, uden at det virkede prangende. Omgivelserne virkede endda lidt bedre, end der, hvor hun selv boede, og hvor der var en del trafikstøj, selv om det absolut heller ikke var noget slumkvarter.

Han serverede straks et par softdrinks og nogle snacks, som hun bare kunne tage af, som hun selv ville, sagde han. De sad og snakkede lidt om løst og fast og hun kommenterede et par af de billeder, han havde på væggene, og som hun rigtig godt kunne lide. Så kom han til det med den gamle tryksag, som han troede ville interessere hende. Og det gjorde den faktisk også. Det var nogle fotokopier af en lang tidsskriftsartikel fra et gammelt amerikansk tidsskrift, helt tilbage fra 1772.

Den handlede faktisk om noget af det, der foregik i Danmark på den tid, og som åbenbart også havde vakt interesse i udlandet. Nærmere bestemt om den korte periode i Danmarkshistorien, hvor

Struensee i praksis regerede landet på vegne af den enevældige, men sindssyge Christian den syvende, og alle de reformer, som Struensee fik gennemført på den korte tid, han var ved magten, men som næsten alle blev omgjort og ført tilbage til sådan som det havde været før, efter at Struensee var blevet styrtet og henrettet. Men hans reformer, som var stærkt inspireret af de franske oplysningsfilosoffer, blev fulgt med interesse flere steder i udlandet, blandt andet i USA, hvor der blev skrevet bøger og tidsskriftsartikler om dem. Det var en af dem, Christian havde fået fat på. han mente, at det kunne være interessant at finde frem til nogle af de andre og få dem oversat og udgivet på dansk. Det kunne Bente straks være enig med ham i. De havde tidligere ganske kort diskuteret Struensee og hele den periode, blandt andet fordi Bente i en rodekasse hos en antikvarboghandler havde fundet en gammel bog fra 1963, der hed "Opløst enevælde", skrevet af en, der hed Valdemar Kallendorf og som var en ret spøjs og humoristisk beskrivelse af Christian 7. og hans tid.

Det, der interesserede dem begge var, at Struensees reformer jo faktisk havde været en slags fredelig revolution fra oven, på grundlag af nogle af de samme ideer om mere frihed og lighed og opgør med gamle forstokkede principper og privilegier som den franske revolution fra 1789, altså kun knap 20 år senere. Det var nok også derfor, at Struensees reformer havde vakt interesse i USA, der stadig var i støbeskeen der i starten af 1770'erne, nogle få år før uafhængighedserklæringen i 1776. Det var et emne, der kunne begejstre dem begge.

Bente spurgte, om han vidste, hvorvidt der fandtes en samlet fortegnelse over alle Struensees reformer med en beskrivelse af, hvad de gik ud på. Altså en nøgtern og saglig beskrivelse af de enkelte reformer. Ikke bare en nedrakning fra dem, der kort efter afskaffede reformerne igen.

Christian var i tvivl. Det måtte vel findes et eller andet sted – men hvor? De var virkelig blevet grebet af emnet, og var snart dybt inde i en diskussion om at oprette et Struensee-selskab – ligesom der fandtes et Dickens-selskab, et Klopstock-selskab og mange andre. Det var på tide, at Struensee blev rehabiliteret. En hovedopgave ville nok blive at udgive den originale tekst til hver af reformerne – måske kommenteret af en indsigtsfuld moderne historiker. Så kunne læserne selv afgøre, om de syntes, at alle hans reformer så også var så elendige som det blev påstået af dem, der fik ham afsat og henrettet for selv at komme til magten. Men det var jo dem, der var sejrherrerne, og derfor var det også var det også dem, der havde skrevet historien. Og som derfor også har kunnet fordreje den, så meget de ville.

Lidt efter kom Christian til en anden idé, han havde. Han kunne nemlig godt tænke sig at skrive en kontrafaktisk roman om Struensee og hans tid – men med den store forskel, at han gennemfører sine reformer på en klogere og mere gennemtænkt måde, så han ikke lægger sig ud med så mange grupper i samfundet og derved skaffer sig så mange fjender, som han jo faktisk gjorde. Det kontrafaktiske skulle så bestå i, at han så var lykkedes med at blive siddende som magtfuld førsteminister i hele Christian 7.s lange regeringstid frem til 1808. Og at han stille og roligt var lykkedes med at gennemføre hele sit store reformarbejde og modernisering af det danske samfund.

Struensee havde helt sikkert været en idealist, sagde Christian, men han havde sikkert også været ret elendig som politisk håndværker. Det begreb fandtes nok slet ikke på hans tid. Han havde sikkert overvurderet den enevældige konges magt og troet, at så kunne kongen bestemme fuldstændig, hvad han ville. Men der var jo også hele hoffet at tage hensyn til – især med en svag konge som Christian 7. – og der var magtfulde og privilegerede grupper blandt de øverste klasser i samfundet, som man ikke bare kunne træde over tæerne.

Han havde nok manglet kendskab til det danske samfund og hvordan det i realiteten fungerede. Tænk, hvis han fra starten havde mødt nogen, der havde kunnet rådgive ham ordentligt om dette. Nogen, der ikke bare var ude på at mele deres egen kage. Det kunne måske have forandret Danmarkshistorien. Men hvordan det skulle være sket, vidste han ikke. Han havde vist mødt modstand næsten overalt lige fra starten, lige undtagen fra kongen, der i praksis slet ikke var så enevældig og nok ikke i stand til at rådgive om ret meget.

Christian havde talt sig varm, og det samme gjaldt Bente. Hun befandt sig som en fisk i vandet og var glad for, at hun alligevel var taget med hjem med Christian. Sådan noget som det her var det, hun virkelig elskede.

Men nu syntes Christian vist, at emnet var ved at være uddebatteret, og at det i stedet var blevet tid til at sætte noget natmad på bordet. Der var grovbrød og flere slags ost og nogle pølsespecialiteter og en særlig lækker spegeskinke fra den lokale slagter. Også her havde han virkelig gjort noget ud af det. Hun kunne selv vælge, hvad hun ville drikke til. Vin? Øl? Frugtjuice? Der var flere slags af hver ting at vælge imellem. Og bagefter havde brygget kaffe – og så var der den specielle likør fra Spanien, som han havde talt så begejstret om.

Da kaffen var skænket, og inden de havde nået at smage på likøren, satte han noget romantisk musik på anlægget. Allerede, da hun hørte den første melodi, var Bente ved at kløjes i det hele. Ikke den melodi! Bare ikke den melodi! Alle andre melodier, bare ikke den! Det var helligbrøde. Det havde været DERES melodi. Hendes og Eriks melodi, den gang, de var sammen. Den var der ingen andre, der måtte røre ved. Og da slet ikke i en situation som denne her.

Det kunne den stakkels mand jo ikke vide. De havde aldrig talt om den slags ting. De anede intet om hinandens tidligere kærester og parforhold. Hun havde ikke regnet med, at den slags blev aktuelt. Hun vidste ikke, hvordan hun pludselig skulle begynde skulle begynde at tale om det nu. Men med den melodi – det gik bare ikke. Hun kunne simpelthen ikke have det. Pludselig skulle hun bare hjem hurtigst muligt.

Hun opfandt en søforklaring om, at hun havde et vigtigt møde i morgen tidlig, som hun havde glemt at tage højde for, og som hun også skulle forberede sig til først, og i øvrigt var tiden også løbet fra hende, så det var blevet meget senere, end hun havde regnet med, så hun bad ham om at ringe efter en taxa med det samme. Den forklaring åd han heldigvis råt, selv om han vist ikke forstod et ord af det hele, og som den gentleman, han var, ringede han straks efter en taxa uden at stille spørgsmål eller prøve på at overtale hende til at blive.

Taxaen kom. Et hastigt farvel og tak for i aften. Ud i taxaen, og hjem.

Da hun kom hjem, skulle hun lige have noget at styrke sig på. en kop god stærk te med honning. Og en til. Og en til. Hun tændte for radioen for at høre nyheder og få noget andet at tænke på. men så gad hun alligevel ikke og slukkede igen. hun ville bare i seng og sove og vente med at tænke mere på alt det her. Hun ordnede det, der lige skulle ordnes, og så gjorde hun klar til natten. Men da hun først lå i sin gode varme seng, under dynen, så kom tårerne. Tårerne over alt det dengang med Erik. Alle de gamle minder. Og at det aldrig var blevet til det, det skulle have været. Og tårerne over, at alt det med romantik og kærlighed skulle være så pokkers kompliceret. Hun var vist slet ikke parat til et nyt forhold endnu. Mon hun nogensinde blev det?

Kapitel 15

Vegetarisk lasagne

Næste gang Bente og Suzzie mødtes, var det hjemme hos Bente. Hun havde lavet vegetarisk lasagne. Og nu var det så Bentes tur til at fortælle Suzzie noget om sin familie og sin opvækst. De kunne ikke rigtig finde ud af, hvem der skulle starte, og så havde de trukket lod, og så var det blevet Bente, der skulle lægge ud.

Hun vidste ikke rigtig, hvor meget Suzzie overhovedet vidste om Bentes gren af familien. Men det var sikkert ikke så meget. For Suzzie var jo opvokset hos sin mor i København i et helt andet miljø end resten af familien hjemme i Aalborg. Hendes far var ganske vist Bentes farbror Karl-Erik, men han var blevet skilt fra hendes mor, allerede da Anette – altså Suzzie - var to år gammel og siden havde hun ikke haft nogen kontakt med ham, indtil for nylig.

Bentes forældre havde bevidst lagt afstand til Suzzie – eller som hun jo hed dengang – Anette, og hendes mor, der var flyttet til København kort efter skilsmissen fra Karl-Erik. De var i den grad blevet stemplet som familiens sorte får og som et skræmmebillede på, hvor galt det kunne gå.

Ellers var der jo egentlig ikke de store vilde ting at fortælle om Bentes barndom, syntes hun. Hendes far havde været ingeniør og hendes mor gymnasielærer og hun havde været deres eneste barn. Hun havde haft en god og tryg barndom og syntes aldrig, hun havde manglet noget. Hendes far havde sammen med sine to halvbrødre Karl-Erik og Georg været medejer af familiefirmaet, et mellemstort ingeniørfirma med tilhørende maskinfabrik, og havde haft en direktørstilling i firmaet. Det mest dramatiske, hun havde oplevet, var forældrenes bratte død ved en forfærdelig bilulykke, da hun var 21, og det havde taget hårdt på hende. Det var først derefter, at hun var rejst til København. Meget af det var til gengæld nyt for Suzzie, der ikke haft nogen kontakt med sin far eller andre fra familien, før hun for ganske nylig og lidt tøvende havde genoptaget kontakten med sin far Karl-Erik, som hun stadig følte sig lidt fremmed overfor.

Ellers gik resten af tiden her ved deres sammenkomst med almindelig snak om dit og dat og forskellige aktuelle emner, og ikke mindst nogle af Suzzies eskapader, som der var mange af, og som hun ivrigt fortalte løs om.

Kapitel 16

Hvorfor har hun ikke hørt fra ham

Der var gået flere uger, siden Bente havde været ude at spise sammen med Christian, og siden havde hun ikke set noget til ham. Han havde ikke været på biblioteket, og normalt var det jo kun der, de talte sammen. Bortset fra en ren undtagelse, som da Christian havde inviteret hende ud at spise på den der luksusrestaurant, så havde de ikke nogen tradition for at kontakte hinanden privat.

Hun havde da også regnet med for længst at have mødt ham igen på biblioteket, så de kunne have fortsat deres interessante samtaler om bøger og litteratur og historie og al den slags. Og ikke mindst det, han havde bragt på bane om Struensee og den der idé til en roman. Den var rigtig spændende, syntes hun. Den kunne hun godt tænke sig at høre noget mere om, og gentage diskussionen med ham om det. Hun havde selv fået et par ideer, som han måske kunne bruge. Det var rigtig ærgerligt, at det var så længe siden, hun havde set noget til ham på biblioteket.

Var det fordi han var blevet skuffet over, at hun havde afvist ham, da han begyndte at blive romantisk og pludselig var taget hjem over hals og hoved. Han kunne selvfølgelig ikke vide, at netop den melodi var den værst tænkelige, han overhovedet kunne have sat på. Hun vidste ikke, hvordan hun skulle forklare ham det, uden at det blev alt for pinligt. Men det duede altså bare slet ikke. Hvor var det dog ærgerligt, at det var gået sådan. Hun havde faktisk et par gange tænkt på at ringe til ham, men så havde hun alligevel opgivet det, for så ville han måske bare misforstå det og tro, at nu var hun parat til alt muligt.

Hun havde slet ikke været forberedt på, at det skulle ende med noget romantik hjemme hos ham. Og for ham var det der romantik måske bare et oplæg til, at han ville i seng med hende. Var det sådan, det var? Var det bare det, han ville, når det kom til stykket? Var alt det andet bare et langt og omhyggeligt planlagt forspil? Var alle mænd sådan? Selv pæne og kultiverede mænd som Christian, som man kunne føre interessante samtaler med om bøger og kultur og historie. Var

det i virkeligheden bare det, de ville, når
det kom til stykket?

Hvorfor skulle de der kønsforskelle og
kønsroller spille så stor en rolle? Hun
syntes det var frustrerende, at det skulle
være sådan.

Hun kunne for så vidt godt acceptere, at
han havde prøvet at lægge an på hende
og måske endda gerne ville i seng med
hende, for han opførte sig jo trods alt
som en gentleman og ringede straks efter
en taxa, da hun bad ham om det, uden at
prøve at lægge pres på hende. Så det var
ikke først og fremmest det, der var
problemet.

Det var mere det, at han åbenbart
bagefter havde valgt hende fra af den
grund. Også som almindelig
samtalepartner om alt det, der var deres
fælles interesser, og som hun havde

været overbevist om betød lige så meget
for ham, som det havde gjort for hende.
Nu virkede det, som om han var ligeglad
med alt det, de havde haft sammen, alt
det andet. Men det var måske slet ikke
så vigtigt for ham, når det kom til
stykket – kun et middel til det andet.
Hvorfor kunne de ikke bare vende
tilbage til sådan, som det havde været
før, dengang de mødtes på biblioteket og
talte om ting, der havde med bøger at
gøre.